AF416157

CELESTE BRUNO

CONTROINDAGINE

◆

"i Mastini della Mobile"
COLLANA
di
CRONACA NERA

EDIZIONI WE

PRECISAZIONI

L'opera è frutto della fantasia dell'autore anche se associata a fatti ed eventi realmente accaduti, utilizzati per nutrizione letteraria.

I riferimenti ai personaggi "reali" associati a quelli eventualmente "di fantasia" devono ritenersi "casuali" e non necessariamente contestualizzati temporalmente.

ISBN 979-12-5497-100-0

©2023 Edizioni WE di Nicola Bergamaschi
Via Paulli 10/A – 26015 – Soresina (CR)

www.clickpertutti.com
www.edizioniwe.com
www.facebook.com/edizioniwe
www.instagram.com/edizioniwe
info@edizioniwe.com

*Prendere a cuore le cose
è il modo di agire del vero detective.
L'unico che esista.*
(Harry Bosch)

PREFAZIONE
di Celeste Bruno – Commissario PS

La collana "i Mastini della Mobile" potrebbe rappresentare, per esposizione e tematiche, la prosecuzione quasi naturale di un'opera letteraria di fine anni settanta, scritta da "Felisatti e Pittorru" da cui venne tratta una serie televisiva di successo "Qui Squadra Mobile".

Il protagonista de "i Mastini della Mobile", alter ego dell'autore, è un ispettore della "Omicidi" della Squadra Mobile di Milano, nato sotto il segno zodiacale della Bilancia che passa, con disinvoltura, dai quartieri più malfamati, alle vie del lusso e della cosiddetta "Milano da bere", senza mai perdere il suo istinto.

Gli intrecci, riportano o si ispirano a fatti di cronaca nera e retroscena investigativi, introspettive dei vari partecipi e le gesta del protagonista, il barese Nicola Violante, detto "il Mastino" da cui la denominazione genericamente affibbiata a tutti i componenti della squadra "i Mastini della Mobile " .

Nei narrati, l'autore, sceglie di dare poco spazio alle sfumature personali legate alla sfera privata, per dare voce, diffusamente, alle specifiche sociali e investigative affrontate, così come avviene nella realtà, annullando o discostandosi dal clichè tematico, spesso utilizzato da diversi scrittori, che vuole il poliziotto un po' oscuro, con manifeste difficoltà esistenziali e relazionali, vizi o patologie estreme, un passato da nascondere o verità da celare.

Qui vige la normalità degli esseri perché nella vita tali loro sono e salvo casi occasionali o eccezionali, la vita privata poco o nulla deve incidere sulla loro operatività professionale.

I nomignoli, affibbiati amichevolmente a ognuno di essi dagli stessi componenti la "squadra" vengono profferiti solo in talune occasioni di svago o di tensione, comunque sempre in forma goliardica e mai offensiva, quindi non per menzionarli o identificarli, in quanto gli stessi abitualmente si chiamano per nome, proprio per la confidenzialità che si instaura nella squadra, condizione a cui Nicola Violante tiene particolarmente per armonizzare e limare le caratterialità all'interno dell'ambiente operativo.

Per completezza di informazione si evidenzia che la "Omicidi" è una componente organica alla sezione "reati contro la persona" che si occupa anche di violenze; sequestri di persona, scomparse anomale, sfruttamento della prostituzione, riduzione in schiavitù e tratta di esseri umani.

Celeste Bruno

INTRODUZIONE

- III -

Il genere poliziesco: l'elemento fondamentale di una detective story è la soluzione di un mistero, i cui elementi sono presentati in maniera chiara all'inizio della storia e la cui natura è tale da suscitare la curiosità del lettore, che viene ripagata alla fine.

Gli elementi principali che contraddistinguono il *poliziesco* sono: un delitto - di qualsiasi natura - compiuto o in corso; uno o più investigatori; le indagini sul crimine svolte anche con sistemi scientifici; lo scioglimento finale dell'intreccio.

In ambito anglosassone ci si riferisce a questo particolare ed ampio sottogenere del *giallo* con il termine *detective fiction* o *detective story*.

Volendo applicare una suddivisione netta fra i sottogeneri del *giallo*, appartengono al filone del *poliziesco* tutte le storie d'indagine con un antefatto delittuoso e con un'attività di ricerca per scoprirne l'autore.

Controindagine

*L'investigatore non deve mai
innamorasi di un'idea o di una pista,
ma esplorare ogni ambito,
senza condizionamenti o preclusioni.*
(Celeste Bruno)

INCIPIT

La Contro Indagine è una terminologia propriamente poliziesca, per definire l'attività che tende a confermare, ma soprattutto a smentire indagini già svolte.

Di norma questa terminologia, oggi riferibile alle c.d. - indagini difensive svolte dal legale di parte a favore del suo assistito introdotte dal titolo VI bis del codice di procedura penale Legge n.397/2000 - era già utilizzata negli ambienti investigativi e andava svolta in forma autonoma o su sollecitazione solitamente orale del magistrato, nonostante l'imbarazzo di dover accertare o smentire tesi investigative o giudiziarie già affermate e cristallizzate.

PRIMO EPISODIO

Narra l'evoluzione di un' indagine relativa a un duplice omicidio verificatosi all'esterno di una nota discoteca della città. Una delle vittime era il figlio naturale di un noto boss calabrese.

SECONDO EPISODIO

Narra la vicenda di un giovane dell'hinterland milanese autoaccusatosi dell'omicidio di un bambino.

I

Quella notte di inizio febbraio, la luna piena illuminava la città.

Il titolare della discoteca "Mambo" a Quinto Sole, in zona Ripamonti, estrema periferia sud di Milano, aveva chiuso il locale da una mezz'oretta, rientrando a casa.

L'uomo scese dall'auto rimasta accesa con alla guida un complice, diede un rapido sguardo tutto intorno, si strinse nel giubbotto, si avvicinò al locale rimanendo a una distanza di cinque - sei metri, divaricò le gambe e imbracciando una mitraglietta con entrambi le mani e dito indice destro sul grilletto, esplose diverse sventagliate a raffica direzionandole sulle saracinesche abbassate del locale.

***

Fine febbraio.

La notte a cavallo tra venerdì e sabato, ultimo giorno del carnevale ambrosiano, il pattugliamento notturno a cui erano dediti a rotazione tutti gli uomini della Mobile, dalle ventidue alle successive ore quattro, era capitato a Nicola Violante e ai suoi.

La pattuglia investigativa che nell'occasione assumeva la denominazione radio "Puma" era composta da quattro uomini, pronti a intervenire su casi di una certa gravità e che potevano interessare l'ambito investigativo. Di fatto una prima linea della Squadra Mobile.

L'auto civetta scivolava veloce e silenziosa sulle nere strisce d'asfalto della metropoli milanese.

Erano all'incirca le tre del mattino quando la radio gracchiò forte diramando l'allarme partito dalla sala operativa.

"colpi d'arma da fuoco in Largo La Foppa nei pressi della discoteca".

Sul posto, nel giro di qualche minuto, giunsero le gazzelle dei Carabinieri che precedettero di qualche secondo le Volanti della Polizia e dell'auto civetta "Puma" della Mobile.

In via di Porta Tenaglia, quasi all'inizio del vicoletto interno senza uscita, tra i numeri 1 e 3, a ridosso di corso Garibaldi, giacevano i corpi di due giovani, indossanti scarpe sportive, jeans e una maglia, già raggiunti dai militi e da personale delle autolettighe, attorniati da una folla di curiosi, tenuti a debita distanza.

Nicola Violante seguito dall'assistente Lai, si avvicinò ai ragazzi distesi sull'asfalto esanimi mentre gli altri due componenti la squadra, gli assistenti Soldini e Visconteo, come da loro consuetudine operativa, si infilarono tra la folla per orecchiare.

Uno dei lettighieri si avvicinò al corpo del primo ragazzo riverso sull'asfalto con la faccia in giù e, nel girarlo, venne notato che aveva in mano una carta d'identità, come nell'atto di mostrarla a qualcuno.

Violante, notato il particolare, bloccò il lettighiere, dicendogli di riposizionare il corpo nella posizione originaria in attesa di farlo immediatamente fotografare ma un graduato della Radiomobile, improvvidamente, mentre il lettighiere stava rifacendo la manovra, strappò il documento dalle mani dell'ucciso per dirigersi velocemente alla gazzella per fornire via radio i dati identificativi.

Violante seguì il milite dicendogli di rimettere a posto il documento, ma questi, salito sull'auto di servizio, lo allontanò con un gesto della mano sinistra, mentre con la destra, aveva già impugnato la cornetta per comunicare con la centrale.

Masticò amaro, ma continuò a studiare visivamente il luogo del duplice omicidio, avvicinandosi e chinandosi sul corpo della seconda vittima, attinta alle spalle, probabilmente mentre tentava una fuga.

Quindi, insieme a Lai, si diresse alla discoteca, ormai deserta, ove all'interno dell'ufficio, trovò il proprietario intento a contare l'incasso. Insieme a lui un omone che si presentò per uno dei buttafuori del locale.

Gli venne chiesto se tra gli addetti alla sicurezza del locale vi fosse qualche appartenente alle Forze dell'Ordine, ma rispose di escludere questa eventualità, dato confermato anche dal proprietario che mentre continuava a contare i soldi, rispose mugugnando che doveva sbrigarsi poiché era già stato convocato dai carabinieri presso la loro sede di via Moscova.

Uscendo dal locale, Violante diede una occhiata al guardaroba notando che vi erano appesi solo due giubbotti che mentalmente collegò ai due ragazzi uccisi.

È in uso in molti night e discoteche, integrare la sicurezza con appartenenti alle Forze dell'Ordine che arrotondano lo stipendio.

Tale pratica, in realtà è finalizzata non tanto a garantire una efficiente sicurezza, ma a ingraziarsi i favori degli organi preposti che in caso di controlli, davanti alla presenza di colleghi, magari preferiscono evitare di eseguirli in maniera approfondita.

Spesso chiamati a svolgere i controlli dei locali, a tale, anomala prassi, sfuggono, nella quasi totalità, gli uomini della Squadra Mobile, per una questione di imbarazzo e non certo di liquidità, poiché i loro stipendi sono uguali a quelli degli altri settori.

Si era fatto un'idea di come si erano potuti svolgere i fatti e ne parlò subito ai suoi che concordarono ma, vigendo la regola che l'Organo investigativo che prima arriva sul posto, ha la titolarità delle indagini, rientrò in ufficio e stilò una dettagliata relazione su quanto accertato, menzionando anche la sua ipotesi investigativa.

A suo parere, i due giovani, dediti al piccolo spaccio di pastiglie colorate tipo "ecstasy" erano stati indotti a uscire fuori dal locale, presumibilmente per seguire qualcuno con la scusa di un controllo, tanto da non pensare nemmeno a indossare i loro giubbotti che di fatto, erano rimasti nel guardaroba. Condotti nel vicolo piuttosto appartato, erano stati colti di sorpresa e uccisi.

Uno dei due, risultò figlio naturale di un boss calabro di Africo, comune della locride sul basso versante della costa jonica reggina, uomo che si era allontanato dalla madre del giovane ucciso da oltre un decennio e con cui non aveva alcun contatto.

Qualche settimana dopo, dai giornali, apprese che i militi avevano catturato due persone, un calabrese trapiantato in città e un milanese della zona di San Siro, inserito nel tifo organizzato, ritenuti i responsabili del duplice omicidio fuori dalla discoteca, trovati in possesso di alcune armi, tra cui probabilmente anche quelle utilizzate per compiere il delitto, con motivazione i dissidi intervenuti per il controllo e lo spaccio di sostanze stupefacenti all'interno del locale.

Bravi i cuginetti, un caso in meno, commentò Violante, riferendosi scherzosamente ai colleghi dell'Arma, leggendo la notizia insieme ai suoi ma dicendosi convinto che la droga, poteva anche non c'entrare. Per lui vi era di mezzo il controllo del locale come aveva ipotizzato, ma tenne per sé il dubbio senza ricercare altri elementi, alimentato dal particolare che nell'omicidio, era stata utilizzata una mitraglietta calibro 9, lo stesso calibro delle armi a loro in dotazione.

Trascorso all'incirca un mesetto dagli avvenimenti, mentre presenziava a una assemblea sindacale presso il palazzo delle "Stelline" in zona Magenta, Nicola Violante venne raggiunto telefonicamente direttamente dal Capo della Mobile[1], con invito a recarsi da Laura Barbì, una magistrata della DDA, senza ricevere alcuna spiegazione circa la convocazione e l'urgenza.

---

[1]   Dirigente che successivamente verrà trasferito ad altro incarico dopo una vibrante protesta interna

Rispose che era in riunione sindacale e che dalla magistrata ci sarebbe andato all'indomani. Il capo non obiettò.

Violante, era abituato a tali evenienze e solitamente aderiva subito agli inviti che facevano parte del suo ambito professionale ma in quella occasione, come molti altri suoi colleghi, aveva interesse a seguire gli sviluppi di alcune relazioni sindacali e non si preoccupò più di tanto.

All'incirca una mezz'ora dopo, venne ricontattato dal Capo che questa volta, in forma perentoria, gli disse di recarsi subito al Palazzo di Giustizia poiché la magistrata era stata irremovibile e lo aspettava nel suo ufficio.

Non potè fare altro che eseguire l'ordine e lasciò la sala, riproponendosi di rientrarvi al più presto.

Raggiunta la sede della DDA venne fatto accomodare nella stanza della magistrata, accolto da un suo assistente, un maresciallo della Finanza che aveva le orecchie grandi e rosse.

Sapeva che il rossore delle orecchie può essere causato da reazioni emotive ma non disse nulla, limitandosi a osservarlo mentre attendeva che la magistrata spiegasse il motivo della urgente convocazione.

La donna togata, che pur conosceva bene per aver svolto con lei qualche indagine in passato o fornito testimonianze durante i processi con lei nella veste di PM, con tono quasi mellifluo, gli chiese se era vero che aveva un legame affettivo con una donna originaria della Locride e se era solito trascorrere le vacanze estive in tale località.

Violante, con finto distacco, rispose che era vero, che la persona a cui faceva riferimento era solo nata in quel luogo in quanto la famiglia si era poi trasferita a Milano quando lei era ancora una bimba e che non capiva il motivo di tale accostamento.

Quasi ironicamente, aggiunse se a causa di questo suo legame e della località ove trascorreva abitualmente da anni le sue vacanze, avesse dovuto farsi assistere da un avvocato.

Non lo so, rispose la donna, vedremo nel prosieguo, dipende da quello che avrà da dire in merito a una relazione che lei ha stilato in occasione del duplice omicidio dello scorso febbraio, nei pressi di una discoteca e alle ipotesi che ha sottilmente avanzato.

Lei, continuò la magistrata, alzando volutamente il tono di voce, ha scritto di aver visto in mano a uno dei due giovani uccisi, una carta d'identità, tenuta congiuntamente con le due mani, come nell'atto di mostrarla o porgerla a qualcuno.

Confermo, rispose deglutendo Nicola Violante, lo confermo totalmente, girando lo sguardo tra la magistrata e il finanziere, rimasto fermo al suo posto davanti al computer situato su una scrivania posizionata di traverso, al lato destro di quella della donna, in attesa dell'ordine di incominciare a verbalizzare e visibilmente non a suo agio.

Fu Violante a chiedere alla magistrata di verbalizzare, perché lui non aveva nulla da temere, aveva scritto solo quello che aveva notato.

Peccato, riprese la donna che i carabinieri, anzi diversi carabinieri, asseriscono che quel documento il ragazzo lo aveva nella tasca sul retro dei pantaloni, preso da un loro graduato della Radiomobile per identificarlo.

Che è stato preso da un loro graduato lo confermo, obiettò Violante, ma non dalla tasca sul retro dei pantaloni, bensì strappato dalle mani del ragazzo ucciso, appena girato dal lettighiere in quanto era riverso sull'asfalto. E aggiungo che mi sono pure lamentato con quel graduato, ma lui, si è chiuso in auto comunicando con la sua centrale e disattendendo il mio invito a riporlo, così come era stato trovato, in attesa che il particolare venisse fotografato e cristallizzato. Un particolare proseguì, notato anche dal mio collega, l'assistente Lai come riportato nella mia annotazione e ritengo, anche dal lettighiere, poiché proprio a lui avevo detto di riposizionare il corpo dell'ucciso in attesa dei rilievi.

Quindi, attaccò la magistrata, lei smentisce la versione multipla dei carabinieri e conferma questa ipotesi.

Non confermo l'ipotesi dottoressa, ne ho la certezza.

E da qui riprese la donna, le domande fatte al proprietario del locale e a un addetto alla sicurezza, circa la possibilità che in quel locale potesse esserci un appartenente alle Forze dell'Ordine che con una scusa, avrebbe fatto uscire i due giovani per poi ucciderli nel vicolo.

A quei due signori ho solo chiesto se tra quelli della sicurezza vi fosse un appartenente alle Forze dell'Ordine, la restante congettura è mia.

Loro hanno risposto che nessun appartenente figura nella security del locale, ma non si può escludere che vi fosse qualcuno che mostrando un tesserino o millantando un'appartenenza alle Forze dell'Ordine, possa aver indotto i due ragazzi a uscire, di fretta e senza giubbotti per poi colpirli. È una eventualità investigativa che in quel momento poteva essere interessante come pista. Poi dai giornali, ho letto che hanno arrestato due persone e trovato le armi. Meglio così ma l'elemento da me indicato non andrebbe sottovalutato.

E visto che aveva avuto questo colpo di genio, perché non ha svolto indagini in seguito, controbattè subdolamente la magistrata.

Per il semplice motivo, rispose Violante, che come Lei mi insegna, la forza che per prima arriva sul posto svolge le indagini salvo che il PM, una volta lette le carte, non disponga diversamente, ma non mi risulta che Lei lo abbia fatto o chiesto il nostro concorso.

Alla luce delle indagini che abbiamo già svolto e che stiamo continuando a svolgere riprese la donna, la sua annotazione, preciso, smentita dai carabinieri, appare un po' depistante.

Lei, riprese Violante, ha iniziato questo diciamo colloquio, con allusioni alle mie frequentazioni e affetti per poi scadere in asserzioni che avrei un interesse a inquinare le vostre indagini. Ritengo di aver fornito degli elementi, se li volete considerare fatelo, altrimenti quella relazione la può anche ignorare. Come mai tanta attenzione se smentita, diventa marginale? Se vuole indagarmi e ha gli elementi lo faccia, altrimenti non credo che abbiamo molto altro da dirci.

Si alzò e senza salutare lasciò l'ufficio incrociando il collega Lai, che contestualmente faceva il suo ingresso nella stanza del magistrato. Fra loro ci fu solo uno sguardo poi la porta si rinchiuse alle sue spalle.

Era stata una scelta della magistrata quella di convocare, a sua insaputa, il suo uomo il cui nominativo era riportato nell'atto stilato la notte dell'omicidio.

Violante attese nei corridoi l'uscita del collega Lai che si trattenne all'incirca un'ora, lasciando la stanza della magistrata visibilmente furioso.

Perché il Capo mi manda qui senza dirmi nulla e perché convocarci separatamente sbottò Lai, rivolgendosi a Violante. Ma questa è fuori di testa con allusione alla magistrata, mi ha più volte ripetuto che la storia della carta d'identità ce la siamo inventata.

Lo so, fece Violante, con me ha fatto anche di peggio. Ha tirato in ballo i miei legami e il fatto che faccio le vacanze nella Locride, dove tra l'altro abbiamo una casa, mi ha detto chiaramente che ho depistato, ma vedremo. Per me temono che la nostra relazione possa smantellare le accuse ai due che hanno arrestato, altrimenti perché tanta foga. Che motivo avrebbero? Avremmo dovuto fregarcene del protocollo e farcele noi le indagini, così ti vedevi come lo aggiustavo il proprietario del locale che indifferentemente, con due ragazzi morti sull'asfalto, si stava contando l'incasso. La spiegazione è nel locale e quello che gira intorno, non ci può essere un'altra ipotesi, i carabinieri si saranno bevuti qualche storiella e hanno preso i primi che gli sono capitati. Sarebbe interessante sapere come ci sono arrivati, anzi a tal proposito ora telefono a un nostro amico della loro "omicidi" in Moscova e vediamo se dipaniamo questa vicenda, poi andiamo dal capo della Mobile che deve essere messo al corrente di quello che sta accadendo, ammesso che già non lo sappia e abbia fatto lo gnorri. Se è così è ancora più deprimente, un capo che non si fida dei suoi uomini e ovviamente noi che non ci fidiamo di lui. Se non ci darà spiegazioni, parliamo con Marinis e andiamo dal Questore.

Il sottufficiale dell'Arma lo incontrò in strada, nei pressi della chiesa, tra via Montebello e via Moscova.

Il milite chiese di non metterlo in imbarazzo ma riferì che la sua annotazione era arrivata o comunque presa in considerazione solo dopo gli arresti fatti e per quanto riportato, effettivamente poteva spostare gli equilibri della loro indagine. La radio mobile ha giurato e spergiurato che quel documento il ragazzo l'aveva in tasca ma conoscendo le competenze di Violante e della sua squadra non ci avevano creduto e assicurò che avrebbero continuato ad indagare sulla pista indicata. Aggiunse che nel duplice omicidio, come stabilito dalla balistica, era stata usata una mitraglietta calibro nove come riportato dalla stampa ma quello che non era stato detto era che quella mitraglietta, diversi giorni prima dell'omicidio dei ragazzi fuori dalla discoteca, aveva già sparato sulle serrande del "Mambo" a Quinto Sole in via Ripamonti. E quella mitraglietta non l'avevano ritrovata. Da qui l'ipotesi concreta, che poteva trattarsi di un fatto legato al controllo dei locali e non allo spaccio degli stupefacenti, confermando l'impalcatura descritta deduttivamente da Violante. Il problema è smentire i colleghi delle gazzelle intervenute ma le indagini, dovranno necessariamente tenere conto di altre piste, in primis quella tracciata da te.

Si lasciarono con un abbraccio.
Quelle affermazioni erano la prova che pur avendo arrestato i presunti colpevoli, non ne erano convinti.

Rientrarono piuttosto agitati e in ufficio, presente tutta la squadra e il capo della Omicidi, Marinis, Violante raccontò i particolari della convocazione andando subito dopo, dal capo della Mobile con cui vi fu un alterato confronto.

Il dirigente asserì di non sapere della motivazione della convocazione alla DDA ma non convinse nessuno.

La relazione di quella notte, l'aveva fatta inviare lui dalla sua segreteria e non dalla "Omicidi" dopo averla tenuta diversi giorni sulla scrivania, quindi sicuramente era venuto in contatto con la magistratura. Probabilmente, se non sicuramente, la decisione l'aveva presa più per tutelare la sua "poltrona" che per convinzione di quanto in essa riportato.

Era un uomo piuttosto ombroso e i suoi comportamenti, anche poco coraggiosi, avevano suscitato le proteste di molti investigatori della Mobile, diversi dei quali, negli ultimi mesi, raggiunti da avvisi di garanzia definiti "tecnici" ma che minavano il morale e la operatività, non sentendosi tutelati all'interno e da chi di fatto, dirigeva le indagini per poi abbandonarli al loro destino in caso di conflittualità con la Procura, nonostante si facesse bello con la stampa a ogni arresto o operazione conclusa.

Per i giornalisti era lui il "front man" per la Procura invece, come da lui stesso asserito, solo quello che firmava le informative senza neanche leggerle, scappatoia per evitare problemi quando nascevano dei contrasti, abbastanza frequenti con i magistrati, derivanti spesso da dichiarazioni di collaboratori o indagini ritenute svolte superficialmente.

Era notorio che gli investigatori avessero delle "fonti" nella malavita, gole profonde che quando venivano arrestati, molto spesso solo per ritorsione, i primi a indicare erano i poliziotti con cui avevano collaborato. La maggior parte di quelle chiamate in correo, risultavano infondate e prive di contenuti ma sufficienti a mettere sulla graticola chi ci cascava sopra.

E la stessa magistrata della DDA, alcuni giorni dopo, indagò un capace ispettore della "Narcotici" per presunte collusioni con malavitosi, poi rivelatesi infondate. Fu la scintilla di una protesta epocale contro il capo della Mobile che venne subito spostato dal Questore.

E in quella protesta Violante e i suoi furono in prima linea con tutta la Squadra Mobile schierata al fianco del collega, indebitamente colpito dal "fuoco amico" della Procura. Che poi tanto amici non lo sono mai.

Alcuni giorni dopo, in un incontro casuale in un bar di corso di Porta Nuova con il collega sottufficiale dell'Arma, in forza alla Omicidi di via Moscova, apprese che il lettighiere, convocato dalla magistrata, aveva confermato che uno dei giovani uccisi aveva la carta d'identità in mano. Fatto per cui, tutti gli uomini delle gazzelle intervenute quella notte e in primis il loro sottufficiale, erano stati immediatamente spostati ad altri incarichi.

All'incirca nove mesi dopo, verso la fine di novembre, i carabinieri arrestarono un loro collega e due buttafuori della discoteca, quali responsabili dell'omicidio dei due ragazzi in vicolo di Porta Tenaglia.

Violante, convocato dal capo della Mobile, Gigi Abruzzi, subentrato al precedente, ricevette i complimenti derivati probabilmente anche da una implicita considerazione dei "cugini" dell'Arma, quasi a titolo di rifusione per quanto subito.

L'ufficio stampa dell'Arma comunicò che quel carabiniere, all'atto del duplice omicidio, era in aspettativa per malattia da circa un anno a causa di problemi psichici e che aveva agito, a seguito di contrasti con uno degli arrestati, il figlio del boss calabro che avrebbe voluto inserirsi nella gestione della security presso quello ed altri locali.

Da qui la decisione sua e di altri due buttafuori, di condurlo fuori dal locale e dargli una lezione sfociata poi in omicidio.

L'altro giovane ucciso era capitato per caso, solo per il fatto di aver seguito il suo amico ed era quello con la carta d'identità in mano.

Il Generale comandante dell'Arma dichiarò:
«quando abbiamo capito che era coinvolto un appartenente dell'Arma le indagini sono proseguite con maggior vigore»

Il Procuratore Antimafia a sua volta asserì: *«pensavamo a uno scontro della criminalità organizzata e invece, alla base del duplice omicidio vi sono rivalità tra buttafuori »*

Il cerchio sembrava chiuso e tirò un sospiro di sollievo

leggendo la notizia, ma le sorprese del caso, non erano
ancora finite.

Qualche tempo dopo, venne convocato come teste in
un processo contro i primi due ragazzi arrestati per il
duplice omicidio, il calabrese e il milanese inserito
nella tifoseria nerazzurra e creduti da Violante liberi e,
invece, se li ritrovò entrambi rinchiusi nel gabbione,
alle spalle della poltrona che avrebbe dovuto occupare
durante la deposizione.

Imbarazzato, nei corridoi, in attesa dell'udienza, ne
parlò con il PM - un capace magistrato con cui in quel
periodo stava collaborando ad un'indagine su una
cruenta sparatoria - che nell'occasione, un po' imbarazzato, riferì che sostituiva la collega della DDA, titolare dell'indagine.

Violante ci rimase male, avrebbe voluto che la magistrata – che non si era mai scusata - fosse stata presente in aula. Non capiva nemmeno perché era stato convocato, pensava di aver chiarito ogni aspetto della vicenda e invece, gli venne chiesto di giurare e riferire
sugli accertamenti svolti quella notte.

Girandosi leggermente di spalle, guardò i due ragazzi
rinchiusi, poi fissando il Giudice profferì la formula di
giuramento a memoria e incominciò la sua deposizione, raccontando gli avvenimenti, la descrizione della

posizione dei corpi delle vittime distese sull'asfalto e il particolare di uno degli uccisi, caduto fulminato sotto i colpi con in mano la propria carta d'identità, tenuta come se dovesse mostrarla a qualcuno, riferendo i primi accertamenti svolti e le successive deduzioni cristallizzate nella sua annotazione.

I due giovani alle sue spalle si agitarono e ancor di più i loro difensori, alzandosi tutti in piedi quando appresero dalla viva voce di Nicola Violante, della convocazione proditoria presso la DDA, con eloquenti insinuazioni della magistrata circa un eventuale depistaggio, confortata dalle dichiarazioni dei carabinieri che invece asserivano che quel documento, il ragazzo lo aveva nella tasca posteriore dei pantaloni, poi inevitabilmente smentiti.

Entrambi gli imputati, dal gabbione urlarono frasi ai loro difensori con applausi all'indirizzo di Violante che con un gesto delle mani, li invitò alla calma.

Il PM che sostituiva quella magistrata, a conoscenza del contenuto dell'annotazione e di quanto avvenuto dopo, conscio della piega che il processo avrebbe preso, rispose che non aveva domande da porre e i difensori fecero altrettanto. Il Giudice ringraziò Violante e lo congedò stringendogli la mano.

I due giovani accusati, anche grazie a quella deposizione, vennero assolti con formula piena.

II

Domenica di inizio ottobre.

Il bimbo di quattro anni, giocava nei pressi del distributore di benzina del padre, situato nella campagna umbra, poco fuori dal centro abitato, poi seguendo chissà quale orizzonte, scompariva nel nulla.

I genitori si accorgono quasi subito, lo cercano dappertutto nei dintorni, forse si è nascosto per giocare ma trascorse alcune ore di lui non vi è traccia. Non resta che chiamare la Polizia e dare l'allarme.

Due giorni dopo, una mano oscura lascia un biglietto in una cabina telefonica nei pressi di una stazione ferroviaria, con un tremendo messaggio:

"Aiuto! Aiutatemi per favore, ho commesso un omicidio, sono pentito ora, anche se non mi fermerò qui. Il corpo del bimbo scomparso si trova.............. non cercate le impronte sul foglio, non sono stupido fino a questo punto. Ho usato dei guanti. Saluti, al prossimo omicidio. Il mostro".

Seguendo quelle indicazioni, il bimbo viene ritrovato e l'autopsia certifica che è stato soffocato.

Il biglietto lasciato denunciava la necessità del "mostro" di comunicare e induce gli investigatori a pensare che voglia creare un contatto.

Il capo dello SCO – Servizio Centrale Operativo – che aveva assunto la direzione delle indagini, adoperando logiche e metodologie da intelligence all'americana, fa attivare un numero telefonico dedicato, con invito diretto al "mostro" a relazionarsi con loro ma anche a chi poteva fornire utili notizie per la cattura, con tanto di taglia, diramato da televisioni, radio e carta stampata.

Il numero diventa subito "bollente" preda di impostori, millantatori e mitomani che impegnano le linee senza alcun risultato utile.

Ma all'incirca una settimana dopo il ritrovamento del bimbo, ecco che uno degli agenti telefonisti, allaccia un primo contatto con un soggetto, dalla voce giovanile con accento del nord Italia che si autodenuncia asserendo « *sono io quello che cercate* » fornendo alcuni particolari che appaiono verosimili o comunque riconducibili ai luoghi dove si era verificato il tremendo delitto.

Una comunicazione di circa mezzo minuto, con promessa dell'interlocutore a rifarsi vivo a breve.

Quella conversazione viene subito frammentata e analizzata e gli investigatori ritengono che i contenuti possano essere effettivamente riferibili al luogo degli avvenimenti. Forse "il mostro" è davvero lui e si spera che richiami.

Ed avviene nei giorni seguenti, tanto da creare una empatia tra lo sconosciuto interlocutore e l'agente che raccoglie le sue confessioni e da quel momento, quando chiamerà, chiederà di parlare direttamente con lui.

Ogni giorno, per tre giorni consecutivi, un particolare in più, qualcosa che solletichi la curiosità degli investigatori e che dia consistenza alla sua colpevolezza, sino al particolare di una bruciatura di sigaretta dietro all'orecchio del bimbo ucciso.

Un particolare ritenuto credibile e che convince.

Il tracciamento stabilisce che le telefonate, giungono da cabine pubbliche della zona di Rodano, un piccolo centro dell'hinterland a est di Milano, alle spalle dell'idroscalo, a circa cinquecento chilometri dalla località umbra.

Il sabato di due settimane dopo il delitto, tutta la Squadra Mobile di Milano, sin dal primo mattino, circa trecento uomini, rimane bloccata in ufficio in stato di "permanenza" a disposizione dello SCO[2] giunto in forze con il suo capo[3].

---

[2]   Servizio Centrale Operativo con quartier generale a Roma
[3]   Achille Serra

La metà degli uomini disponibili, viene utilizzata per cinturare l'area di Rodano, la parte restante in ufficio, in allerta, per eventuali necessità o evenienze.

Nicola Violante e la sua squadra erano tra quelli non impiegati e un po' rosicavano, seduti in ufficio in attesa di una chiamata che però non giungeva. Di fatto erano inattivi e non si potevano muovere neanche per andare in mensa. Dovettero arrangiarsi come molti altri loro colleghi, con dei panini ordinati ai vicini bar della zona.

Intanto tra i corridoi della Mobile, si vocifera che "il mostro" è stato catturato, si chiama "Stefano" [4] un giovane disoccupato di Rodano, ex benzinaio e provetto agente immobiliarista, e la notizia, prima ancora che confermata in Questura, era già stata abilmente diramata a tamburo battente ai mass media.

Giornalisti e fotoreporter infatti, erano già accalcati davanti all'ingresso secondario della Questura, quello di via Montebello ove ufficiosamente, era stato loro detto, l'arrestato avrebbe transitato.

A confermare l'indiscrezione, due ali di agenti in borghese indossanti la pettorina azzurra su cui campeggiava la scritta "Polizia" presidiano il varco.

---

[4]   Stefano Spilotros

Violante e i suoi, come molti altri colleghi, chiusi in ufficio, si limiteranno a osservare la scena dalle finestre interne mentre il capo dello SCO è già in conferenza stampa.

La domenica trascorre senza particolari sussulti, con le televisioni e le testate che titolano il successo.

La magistrata di turno, Luisa Borgo, convalida il fermo e trasmette gli atti ai suoi colleghi umbri, competenti per territorio, ma nel contempo, si premura di fare una telefonata al capo della Mobile, esprimendogli le proprie perplessità sull'individuazione del giovane, autoaccusatosi dell'omicidio del bimbo.

Il lunedì mattina mentre il giovane arrestato era in viaggio verso le carceri umbre, a disposizione di quella Autorità Giudiziaria, la sorella si precipita alla Mobile e, assente il capo, viene ricevuta dal vice, un capace funzionario del salentino, con esperienze investigative e operative maturate in varie località italiane del sud e centro Italia.

La donna, in lacrime, giurerà che il fratello è un "cretino" un mitomane che si è autoaccusato del tremendo omicidio per farsi bello in paese. La domenica della scomparsa e successiva uccisione del bimbo, lui era a Rodano e oltre a lei, potrebbero testimoniarlo tante persone e in particolare, due suoi amici con cui ha trascorso parte della giornata.

Il capo della Mobile, immediatamente informato, già invitato dalla magistrata milanese a svolgere opportune ulteriori indagini, consiglia di non sottovalutare la situazione ma ammette che l'imbarazzo è enorme. Si tratta di svolgere indagini per smentire lo SCO con un capo autorevole, famoso e ingombrante, tra l'altro suo superiore e con tutta la stampa che lo acclama.

Un sacrilegio puro, ma allo stesso tempo, non può sfuggire alla richiesta della magistrata e concorda con l'idea del suo vice di convocare e dare l'incarico a Nicola Violante.

Entrato nella stanza del vice capo della Squadra Mobile, poco distante dalla sua, notò la ragazza piangente.

È la sorella di Stefano, esordì il vice capo, *giura che il fratello è un mitomane e non c'entra nulla con la morte del bambino in Umbria, ha fornito anche i nominativi di due suoi amici che due domeniche fa erano con lui, sarebbe il caso di fare un giro a Rodano e verificare. Te la senti?*

Violante deglutì, sapeva cosa voleva dire anche se solo si fosse saputo che era andato a Rodano a fare domande in giro, magari coprendosi di ridicolo per cercare prove a discarico e smentire lo SCO, poteva essere un buco nell'acqua anche per la sua credibilità.

I giornali parlavano di prove certe, di una confessione dettagliata, era duro anche solo fare un tentativo per provare il contrario.

Chiese di congedare la donna e una volta uscita, rinchiusa la porta, guardando fisso negli occhi il vice capo, gli chiese se lo SCO era stato informato.

No fu la risposta laconica.

Si conoscevano bene e si stimavano molto, forti di una reciproca empatia ma qui entravano in gioco altri fattori. Lui rischiava il discredito, il vice capo la carriera.

Tra i due ammise Violante, *chi rischia meno sono io. Facciamo che la ragazza si è rivolta direttamente a me, non ho provato nulla e ho chiuso la pratica. Questo se non troviamo niente, se invece proviamo il contrario e vedremo come, allora racconteremo che ho avuto disposizioni, cioè la verità. A Marinis lo dici tu dell'incarico?*

Lui è già informato della tua convocazione e concorda in tutto questo, continuò il vice, ho già l'assenso del capo che tra l'altro, è stato invitato dalla PM a fare indagini in merito perché anche lei, nutre forti dubbi sulla colpevolezza di questo giovane. Anzi ora lo chia-

mo così senti dal vivavoce che è d'accordo.

Compose il numero comunicando che era in viva voce, con Nicola Violante presente in ufficio.

Il capo della Mobile confermò la necessità dell'approfondimento ma ammise che al momento, una delega non c'era e raccomandò tatto, prudenza e discrezione. Il suo imbarazzo era evidente.

Nello stringersi la mano, il vice capo, con uno scatto d'orgoglio, ringraziò e rassicurò Violante, dicendogli che in ogni caso, era stato lui a sceglierlo per l'incarico e che l'ordine era suo, accada quel che accada. Il racconto e le lacrime della ragazza lo avevano toccato e non ne fece mistero.

Violante uscì dalla stanza sorridendo. Lo avevano tenuto in panchina nella fase importante e ora rientrava in gioco. Era stato scelto tra i tanti, certo per la sua determinazione e il coraggio ma anche perché non temeva di andare controcorrente. Lo aveva dimostrato in tante occasioni e questa era una ennesima prova. Tutto sommato, non gli dispiaceva fare la parte del guastatore, qualunque fosse stato il risultato.

Nel suo ufficio, impartì alcune disposizioni alla squadra, relative alle indagini che avevano in corso, comunicando che si sarebbe dovuto recare fuori per delle verifiche ma senza entrare nel merito. Non era il caso. Dispose che ad accompagnarlo sarebbe stato solo l'agente Vitelli.

In un bigliettino, si era annotato i dati e gli indirizzi dei due amici dell'arrestato, quelli forniti dalla sorella ma non sarebbe partito da loro per svolgere la sua contro indagine. Troppo facile pensò, sicuramente questi due hanno già parlato con la ragazza e magari concordato la versione.

No, ci volevano altri testimoni, poi nel caso i due li avrebbe aggiunti o presi in considerazione solo se proprio non trovava altro.

La prima tappa fu in un bar cooperativa, fulcro conviviale del paese. Insieme al suo agente, consumò un panino orecchiando le conversazioni di alcuni presenti ai tavoli.

Usciti, fecero un giro e si recarono in un'area di rifornimento ove contattò il benzinaio. L'uomo, ammise che conosceva il giovane arrestato, ma non si sbottonò circa il fatto che si era auto accusato né sul comportamento tenuto, affermando che era un giovane come tanti, alla ricerca del loro futuro, ma concludendo il suo pensiero in forma serafica dicendo « *vivono di fantasia* » .

Fantasia appunto ed è quello che voleva dimostrare ma detto così non significava nulla.

Ritornarono alla cooperativa e a un tavolo, notò quattro anziani che giocavano a briscola con alle loro spalle altri due che ridacchiando, non risparmiavano battute ai giocatori circa la scelta delle carte.

Questi pensò Nicola Violante sono quelli che mi servono.

Si avvicinò mostrando un finto interesse al gioco poi, con discrezione, mostrò il tesserino ai due invitandoli in disparte.

Chiese subito cosa ne pensavano dell'arresto del "mostro" di Rodano e loro presero a ridere, dicendo che il ragazzo li aveva fregati tutti.

A loro dire, non si era mosso da Rodano negli ultimi tempi e come si fosse potuto attribuire l'omicidio proprio non lo capivano ma ancor di più, non capivano come la Polizia se la fosse bevuta. Qui a Rodano è diventata una barzelletta.

Dissero di chiedere al barman che sicuramente poteva essere più preciso di loro, lo stesso che gli aveva servito poco prima i panini.

Violante si avvicinò al bancone insieme a Vitelli e chiese al barista se poteva parlargli, mostrandogli contestualmente la placca della Mobile.

L'uomo, di mezza età, asciugandosi le mani, girò intorno al bancone e raggiunse gli investigatori, andandosi a sedere con loro a un vicino tavolo.

« Quel ragazzo, due domeniche fa, era sicuramente a Rodano. Qui ci è venuto diverse volte nella stessa giornata, a volte facendo capolino forse per vedere chi c'era altre si è anche fermato. Se non ricordo male, ci è venuto anche con due suoi amici di cui fornì i nomi perché in paese si conoscevano tutti. È sicuro che ha raccontato bugie, magari leggendo i giornali o sentendo i servizi sul bimbo ucciso alla televisione. Inoltre, proprio ieri, commentando la notizia qui al bar, una ragazza, da come si vocifera non saprei se una ex o una che corteggiava, ha detto che lui già da qualche giorno le ripeteva che presto sarebbe diventato famoso »

Violante si disse interessato al racconto chiedendogli se poteva verbalizzare quanto aveva riferito. Lui acconsentì e la dichiarazione venne immediatamente cristallizzata, stilata a mano.

I nominativi dei due ragazzi, erano gli stessi indicati dalla sorella dell'arrestato e quindi, puntarono direttamente all'abitazione della ragazza segnalata dal barman.

La stessa, in quel momento da sola in casa, li accolse con qualche imbarazzo ma dopo essere stata messa a suo agio, confermò di conoscere il giovane senza entrare nei particolari, descrivendolo per *un tipo che si vantava un po' e che negli ultimi tempi andava dicendo che stava facendo un qualcosa per cui avrebbero parlato i giornali*. Lei a quelle affermazioni aveva riso, prendendolo un po' in giro, pensando alla partecipazione a qualche trasmissione televisiva non certo al fatto che si stava autoaccusando di un delitto atroce. Tra l'altro quella domenica lei lo aveva anche visto, quindi era da escludere che potesse essere in Umbria.

E siamo a tre sintetizzò Violante. Il primo l'ha definitivo fantasioso, il secondo lo ha visto, la terza addirittura sapeva che sarebbe diventato famoso. Ora possiamo anche andare dai suoi due amici.

Lo fecero e anche loro verbalizzarono che quella domenica l'avevano trascorsa in parte con l'amico. La notizia del suo arresto, tra l'altro per un fatto di enorme gravità, li aveva sconvolti ed erano corsi a casa dai suoi familiari per raccontare che la Polizia si era sbagliata. Circa le vanterie dell'amico, ammisero che era un po' così di carattere ma con loro, non aveva mai parlato di cosa stesse combinando per far parlare di sé.

Cinque deposizioni concordanti sul carattere del giovane e quattro che lo collocavano a Rodano il giorno della scomparsa del bimbo.

Un solo pomeriggio per stabilire che quel giovane era solo un mitomane. Uno smacco per lo SCO, ma non era contento. Sarebbe stata comunque una sconfitta per l'apparato investigativo.

Come era potuto succedere che un organo di prim'ordine come lo SCO ci fosse cascato? Il suo capo era ritenuto un investigatore di razza. E allora cosa era veramente accaduto? E cosa aveva raccontato quel giovane nelle dodici telefonate fatte, per indurli a credergli e convincerli che era l'uomo giusto? Tanti interrogativi.

Violante gli atti non li aveva letti, non era nemmeno riuscito a vederlo in Questura dopo che lo avevano arrestato. Quello che sapeva lo aveva letto dai giornali. Rientrò e si mise subito a scrivere l'informativa da inviare urgentemente alla magistrata. Non c'era tempo da perdere.

A tarda serata i suoi capi lessero e si convinsero che quell'arresto era un buco nell'acqua. L'indagine per prendere il mostro era tutta da rimodulare e rifare. Quel giovane non c'entrava nulla, si era catapultato in un immaginario noir avventandosi su quel numero telefonico, per raccontare le sue fantasie e aveva trovato, tra i tanti che avevano composto quel numero, chi gli aveva dato ascolto e credito. E lui era stato il prescelto.

Giorni dopo anche i magistrati umbri, a seguito di diversi interrogatori, si convinsero che quel giovane non era il vero autore del delitto e lo scarcerarono.

In soccorso agli investigatori della prim'ora giunse la criminologia, stabilendo che poteva non essere lui l'assassino ma che sicuramente sapeva chi fosse e si era attribuito le colpe al suo posto, perché ben conosceva i fatti. Un'altra bufala.

Furono ritrovati dei biglietti del vero "mostro" che lo scagionavano e addirittura, in un delirio mediatico, chi si suicidò attribuendosi la colpa.

La stampa, che aveva speso un mare d'inchiostro al suo arresto, era completamente muta sull'evolversi della situazione. Non voleva nemmeno sconfessare sé stessa o forse, molto più probabilmente, non voleva arrecare offesa a qualcuno.

Nei primi giorni dell'agosto successivo, a seguito purtroppo dell'omicidio di un altro bimbo di tredici anni nella stessa zona del precedente, il vero assassino venne arrestato nelle vicinanze del luogo del delitto[5]. Il giovane di Rodano finì nel dimenticatoio o quasi.

Quel caso però, ogni qualvolta si è dinanzi a confessioni un po' equivoche o ritenute tali, viene evocato, avendo fatto storia e giurisprudenza.

Di questa contro indagine non si è mai parlato ufficialmente e nessun giornalista ha ritenuto di porre domande. Mai una dichiarazione venne prodotta in merito. Il fiasco venne ignorato nella speranza che venisse per sempre rimosso.

Nessuno ha mai ringraziato Nicola Violante e la Squadra Mobile di Milano, avvolti da un silenzio tombale.

---

[5]   Luigi Chiatti

EXPLICIT
Milano Noir

Qui si racconta la Milano noir di Nicola Violante, quella che lo ha fatto innamorare di questa città, ove è giunto a venti anni, piangente e smarrito.

Milano era squassata dai terroristi, da bande criminali e la vita era difficile, proprio sotto il profilo delle relazioni sociali.

Non dovevano dire che lavoro facevano, il loro vero nome, non dovevano frequentare determinati ambienti, possibilmente, non uscire mai da soli e, comunque, sempre assolutamente armati. Ha conosciuto la moglie con un nome falso. Cresciuto in fretta tra attentati che facevano tenere gli occhi aperti anche quando si appartavano con le ragazze in auto, sempre con una mano sulla pistola…

Milano, agli inizi degli anni Ottanta, emerse come centro nevralgico della malavita organizzata: le cosiddette "mafie".

La lotta al terrorismo aveva distolto un po' l'attenzione. Mentre si era impegnati in quella "guerra", il malaffare prosperava e i malavitosi giravano quasi indisturbati.

All'ombra di quelle tragedie crebbero svariati banditi tra cui il noto Renato Vallanzasca. La cronaca e la puntuale filmografia di quelli anni descriveva la città come territorio di conquista e depredazione.

Il circuito delle bische clandestine venne monopolizzato da Francis Turatello e a seguire da Angelo Epaminonda e, poi, Jimmy Miano, con allestimento delle sale gioco in lussuosi appartamenti o quelle organizzate a "cielo aperto". Le più note erano quelle della stazione Garibaldi, di piazzale Lotto, degli spazi antistanti l'ippodromo e di via Palmanova.

Gli enormi introiti venivano, poi, reinvestiti nel traffico di droga e nell'acquisto di armi e munizioni. I clan proliferavano in città e in tutta la Lombardia, richiamandosi alle mafie storiche, ovvero, la 'ndrangheta, la mafia, la camorra e la sacra corona unita a cui erano legati per via di affiliazioni e matrimoni incrociati.

La sua città natale, Bari, è sempre nel suo cuore, ma le sue vite le ha vissute e le continua a vivere qui a Milano, una città che lo ha fatto innamorare, lentamente, come una donna che ti fa capire che ti desidera e aspetta che sia tu a fare il primo passo, pur dandoti, comunque, dei segnali.

Protagonisti
(in ordine casuale)

Gigi Abruzzi, 55 anni - Primo Dirigente e Capo della Squadra Mobile;

Giuseppe Mattei, 43 anni – Vice Questore e Vice Capo della Squadra Mobile

Emilio Nicola Marinis, 49 anni – Vice Questore e Capo della Omicidi;

Nicola Violante, 41 anni - Ispettore Superiore/Sostituto Commissario – detto "Mastino" poiché non molla mai, istintivo, determinato e deciso, barese, fisico snello, alto 1,81 capelli ricci e fluenti, da adolescente era stato un atleta velocista nella breve media distanza e successivamente, in gioventù, anche provetto ballerino di balli moderni;

Marcello Lai, 47 anni - Assistente Capo – detto "Orata" poiché quando entrava in un ristorante, la prima frase che diceva al ristoratore era «metti una orata sul fuoco» di origini sarde, fisico e statura media con taglio di capelli tendente al corto, amante di scarpe griffate di una nota firma di design del settore;

Salvo Soldini, 51 anni – Assistente Capo - detto "Pensatore" ritenuto un ragionatore, calmo e metodico, salentino, statura media e fisico asciutto con capelli già tendenti al bianco;

Frank Visconteo, 51 anni – Assistente Capo – detto "Ciccio" acuto osservatore, all'abilità investigativa associava la necessaria malizia professionale, tarantino, alto e con un buon fisico, stempiato;

Pierluigi Vitelli, 31 anni - Agente - detto "Sergente" per il suo trascorso nell'esercito, torinese, alto e con fisico piazzato, capigliatura di lunghezza media, appassionato di fumetti.

NOTE SULL'AUTORE

Celeste Bruno, nato a Bari, milanese d'adozione.

Commissario di Polizia, dopo la formazione, a Milano dal 1977, prima come poliziotto di frontiera aeroportuale, poi alla Squadra Volante e per oltre 21 anni alla Squadra Mobile.

Ha investigato su omicidi, sequestri di persona, prostituzione, tratta di esseri umani e crimine organizzato, nazionale e internazionale. Brillanti operazioni svolte in tutta Italia e all'estero, attestate da onorificenze ed encomi.

È ritenuto uno stratega, con risoluzione della quasi totalità dei casi indagati. Tra questi i più noti delitti quelli di Marina Scrigna, Bob Caselli, Graziella Girgenti e il triplice omicidio compiuto dal primo serial killer certificato in Italia.

Centinaia i sequestri di immobili tra appartamenti, esercizi commerciali, centri estetici e club privè, derivati dalla sua attività investigativa. Tante le donne liberate dai loro aguzzini. Le operazioni "Meeting Stop"; "Silva"; "Ponte Lambro"; "Faenza Commandos" e quelle condotte tra Libia, Crotone e Milano denominate "Kafila" e "Al Matba" sono le sue più note indagini; oltre all'arresto di un bancarottiere israeliano e la disarticolazione di clan criminali di stampo mafioso e di spessore internazionale.

Opinionista televisivo, scrive per diverse testate.

Nel 2004 ha pubblicato con Michele Focarete cronista del Corriere della Sera **"Milano ad ogni ora"** (Biblioteca dell'Immagine), nel 2009 con Paolo Brera **"La Mobile"** (Mursia), nel 2010 **"L'artificiere"*** (Altravista), nel 2013, **"Ti Sparo"*** (Cicorivolta), nel 2014 **"La Torre Saracena"*** (AbEditore), nel 2015 **"Via Schievano… Per non dimenticare"** (videoclip PVS), nel 2016 **"Oscuri Riflessi"*** (AbEditore), nel 2017 **"Kafila"*** (AbEditore), nel 2019 **"Trafficanti- Narcos Milano"** (EV - Edizioni Virgilio con riedizione della WE nel 2020), **"Milano GANGSTER"** Edizioni WE nel 2021.

Dal 2023 in scrittura la collana di detective story **"I Ma-stini della Mobile"** con pubblicazione de **"Il morso del mastino "** e **" Controindagine "**.

n.b. I diritti editoriali dei titoli contrassegnati con *, oggi, sono detenuti esclusivamente dall'autore.

n.b. L'autore previa intesa con l'editore devolverà parte dei proventi derivanti dalla vendita della collana ad Associazioni indicate nei relativi volumi.

"DONAZIONI"

Parte dei proventi di questo volume, di concerto con l'editore, verranno devoluti, per scelta dall'Autore, alla associazione A.P.I. di Milano - Associazione Poliziotti Italiani –.

"Controindagine"

INDICE

**Pubblicazioni
Collana di cronaca nera
"I mastini della Mobile"**

Il morso del mastino

Controindagine

www.ingramcontent.com/pod-product-compliance
Lightning Source LLC
Chambersburg PA
CBHW021754150726

47989CB00004B/1665